Jimena Pérez Can Fly

Jimena Pérez Can Fly

JORGE ARGUETA

Translated to English by Elizabeth Bell
Illustrations by Fabricio Vanden Broeck

PIÑATA BOOKS
ARTE PÚBLICO PRESS
HOUSTON, TEXAS

Piñata Books are full of surprises!

Piñata Books
An imprint of
Arte Público Press
University of Houston
4902 Gulf Fwy, Bldg 19, Rm 100
Houston, Texas 77204-2004

Illustrations by Fabricio Vanden Broeck
Cover design by Mora Des!gn

Names: Argueta, Jorge, author. | Vanden Broeck, Fabricio, 1954-illustrator. | Bell, Elizabeth, translator.
Title: Jimena Pérez puede volar / por Jorge Argueta ; Ilustraciones de Fabricio Vanden Broeck ; traducción al inglés de Elizabeth Bell = Jimena Pérez Can Fly / by Jorge Argueta ; illustrations by Fabricio Vanden Broeck ; English translation by Elizabeth Bell. Other titles: Jimena Pérez Can Fly
Description: Houston, Texas : Piñata Books, an imprint of Arte Público Press, [2019] | Audience: Ages 10-15. | Audience: Grades 7-9. | Summary: Ten-year-old Jimena loves El Salvador but when gangs threaten to force her to join, she and her mother immigrate to the United States, but are separated at the border.
Identifiers: LCCN 2019028875 (print) | LCCN 2019028876 (ebook) | ISBN 9781558858893 (paperback) | ISBN 9781518505904 (epub) | ISBN 9781518505911 (kindle edition) | ISBN 9781518505928 (adobe pdf)
Subjects: CYAC: Emigration and immigration—Fiction. | Immigrants—Fiction. | El Salvador—Fiction. | Spanish language materials—Bilingual.
Classification: LCC PZ73 .A655 2019 (print) | LCC PZ73 (ebook) | DDC [Fic]—dc23
LC record available at https://lccn.loc.gov/2019028875
LC ebook record available at https://lccn.loc.gov/2019028876

Jimena Pérez Can Fly
© 2019 Elizabeth Bell

Printed in the United States of America
November 2019–December 2019
Versa Press, Inc., East Peoria, IL
5 4 3 2 1

To all the immigrant girls and boys who
like Jimena Pérez can fly.

My name is Jimena Pérez.
I live in the barrio San Jacinto.
My mamá has a stall
in the market there,
we sell fruit . . .
Mmmmm!
I like them all
but my favorite fruit
is mangoes.
I like them green
with salt and lemon.
I like them ripe.
I like them ready,
and smelling their juice
mmmmm, so good!

"San Jacinto Market
is our home," Mamá tells me
as she strokes my head.
"The market
has fed us
our whole lives.
Your grandmother and great-grandmother
worked here too.
Fruits are a blessing
like you, Jimena."

I love coming
to the market.
When I walk
through the aisles
I can smell the fruit
and the vegetables.
I like the smell
of the onions
Doña Paz sells.
I like the color
of the carrots
Don Patricio sells.
But what I like most
is the smell of the cashew fruit
my mamá sells.
Mmmmm, what a great smell!
It makes me breathe in deep.
And besides, cashew fruits
look like little colored birds.

Every Saturday
some men and women
come to the market
loading place
and bring us books
and read to us
and let us play with the books.
I had never seen so many books.
I love books.
One of my favorites
is the book of tongue-twisters.
It makes me laugh.
It twists my tongue
like when I eat jicama.
And the one about a boy
who has two last names, he's called René.
Ahhhhh and the one
about the little elephant
named Manyula.
She lived in El Salvador too.

In the mornings the market
is quiet.
But after 10 o'clock
people start coming,
and it's like the market is a party.
Don Simón sounds
like he swallowed a megaphone.
In this big loud voice he says:
"Tomatoes, get your rosy red
tomatoes, get your green chiles.
Get your radishes, your beets."
My friends and I
love hearing Don Simón.
Sometimes he says our names
with his megaphone.

The other day
some kids came
to my school
to find my friend
Rosenda, and they said,
"Rosenda, you know
what will happen
to your family
if you don't join us."
Rosenda is ten years old,
like me.
We were scared.

I told Mamá
what happened to Rosenda.
My mamá turned red
like the ripe mangoes
in her basket.
She was scared, she cried.
My papá cried too.
"You better take
Jimena to the United States.
You'll both be safe there."
They kept talking and planning
for hours that night.

I didn't understand much
but I know we're going to go
far away.
I felt sad
the way fruit looks
when it's past ripe.

I'm going
to the north
with Mamá.
I'm so happy!
Ahhhh, but it also
makes me sad.
My mamá sighs
and says to me:
"We're going to Texas
to live
with your aunt and uncle
and your cousins.
Someday
we'll come back to El Salvador."

[1]Planes de Renderos is a place where Salvadoran tourists go, about
six miles from the capital, to enjoy the panoramic view of San Salvador and its surroundings. The vista is spectacular.

Tomorrow I'm going
to the United States
with my mamá.
But first
we're going to Planes de Renderos.[1]
We're going to eat
some pupusas.
We'll go to the lookout
and from there
we'll see all the stars
on the floor of San Salvador.

I can't sleep thinking
about the trip.
They say the United States
is really far.
The distance doesn't scare me.
What scares me is staying here
and the gangs come looking for me
in the market
or in school
and say I have to join them.

I think about
my friend David.
Yesterday they expelled him
from school.
The teachers say
he's lazy.
He barely knows how to read or write.
David knows how to climb
trees, and he's my friend.
And he's friendly with mangoes.
He picks them, he sells them for a quarter.
He brings his quarters to the market.
Last week
he bought me an horchata.

The bus
is the colors
of morningtime.
My mamá
has weepy eyes
but she sings with me
and together
we fill ourselves up
with songs.
We're happy
like morning.
My mamá is a sunrise.
I start shining
and singing with her.

In our barrio
we get threats
from the gangs.
In the schools,
in the market,
they want us to join.
We're scared.

The fear
is like a scream
with thorns.
It's like when
you don't have your papá or mamá with you.

I give
my papá
hummingbird
kisses,
and we cry
for a bit
as if we were
winters.
And we go with my mamá
sighing stars.
We go
dreaming
on a long
winding road.
Nothings stops us.

We go quietly.
We go sadly.
Sometimes we go happily.
My mamá says
we are
flowers and little birds,
like my papá says we are.

My mamá's name is Inés,
and with her I'm not scared of anything.
My mamá sighs and looks out the window.
Behind us is the volcano,
my house, my city,
my friends
and my grandmother,
who's named Jimena, like me.

Papá, I'm singing as I go.
Papá, I'm dreaming as I go.
My grandma Jimena
and my papá have become
my heart.

My papá says: "My daughter,
Little Bird,
Dewdrop,
Jimena, loveliness
of life, my love,
you are going, but you are staying.
You are the most beautiful . . . "
My papá starts crying
but when he hugs me,
he gives me the bravery
and sun inside his heart.

I am Jimena Pérez
and today I am leaving my country.
I want to stay
but it's best for me to leave.
I want to dance
and play with my friend David.
I want to turn on my computer
and feed my dog Sultán.
Ahhhhh and my parakeet . . .
His name is Song.

Guatemala
is green.
It looks a lot
like El Salvador.
I know it's not El Salvador.
They talk differently here.
At one of the
bus stops
we bought tamales.
They call them *chuchitos*.
In El Salvador that's our word for
dogs.
I think about Sultán.
I feel like crying all of a sudden.

"Jimena, now we're coming to Mexico,"
my mamá tells me.
"From here on
we're not going to talk much
because Mister Coyote says
if they hear us talk,
they'll know
we're not Mexican
and they could send us back
to El Salvador."
I laugh
and I whisper in her ear:
"I love you so much, Mamá."

The sun is rising
and the morning
reminds me
of mornings in El Salvador.
"We're headed
toward a town
where a train
is waiting for us,"
my mamá says.
That's neat, I think.
But I'm a little
scared.
I've heard of that train.
It's a really long,
cold, dark train
they call "The Beast."
You ride on its back.
In my country lots of people
know about it, they rode it
on their way to the United States.

We've walked
for hours
to the outskirts of town,
this is where The Beast comes by.
Where is The Beast?
What color will The Beast be?
All I know is
there are a lot of people here.
They're all going to the United States
like us.
They're carrying backpacks.
They're from El Salvador,
Guatemala,
Honduras,
and even Mexico.
I ask my mamá
"Can we talk now?"

We're waiting
for The Beast.
It rains and we wait
and wait
and wait.
We're cold.
We keep waiting.
Suddenly,
The Beast whistles.
The Beast moves very slowly,
it puffs smoke, it whistles
its beast whistle again.

People run to get on The Beast.
My mamá and I fly.
On the Beast's back
the wind sings.
Its freezing song
can't make me cold.
I snuggle
into my mamá's arms
and I'm dreaming and touching the stars.

"Jimena," my mamá says,
"I want you to listen
very carefully."
I feel her hands
on my shoulders.
Her words
fall like raindrops
on my face.
"Don't forget this number:
956-XXX-XXXX."
I say the number back to her.
I make it into music
and I sing it until
the numbers turn into light.

"It's a telephone number.
Now you know where to call.
It's your aunt and uncle and cousins.
Don't give it to anyone.
You also have it pinned
to the hem of your sweater.
Don't forget."
Mamá doesn't know
I've already learned
the number.
I made it a song.

Days have gone by.
We've been through towns
with strange names.
We're kind of tired.
I want to get to Texas.
I'm cold, my mamá is too.
When we get off The Beast
my mamá tells me:
"We're almost there,
my love. Now we just have
to walk for a little bit. . . . "
My mamá's words
come out like little drumbeats:
tum tum tum tum.
Is she cold, or scared?
Or both?

We walk in quiet.
The quiet is so quiet
and the night is so dark.

I hear my heart.
It's a little drum too:
tum tum tum tum.

I feel
my mamá's hand
squeezing mine
with fondness.
My mamá gives me courage.

All of a sudden
the darkness
fills with lights,
bright lights.

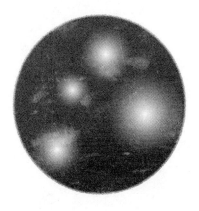

It's crazy.
It's like it was
sunrise
in the middle of the night.
Yellow, pink,
red, blue lights.
Some men
dressed in green
with mean voices
grab me
and pull me
away from my mamá.

Mamááááááá!
Jimenaaaaaaaaa!
Far away I hear
my mamá's voice.
I feel alone.
Other kids are crying.
We're little birds
alone and sad
in a metal cage.

Where am I?
Who has me?
Where can this be?
Where did they take my mamá?

I'm alone
but I'm not alone.
There are children all around me.
Some are crying,
asking for their mamá,
their papá.
Are we in jail? I wonder.
I hear voices
speaking English,
they ask questions and questions.
I don't understand anything.

I don't know how much
time has gone by.
I think of my mamá,
of my papá,
of my grandma Jimena,
of the sweet-smelling
bright-colored fruit
that my mamá
would sell
in San Jacinto Market
back in El Salvador.

How many boys and girls
are from El Salvador,
Honduras,
Guatemala,
Mexico?
Marcos says over and over
the name of his papá:
"My papá's name is Marcos," he says.
"He's in Los Angeles.
They're going to take me to him, right?"
I also want
my mamá,
my papá.
Like Marcos, I start
to cry.

A policeman,
one of the ones they call "Migras,"
brings me a strange sheet.
It shines like a mirror.
I'm cold. I wrap it around
my shoulders.

On a table
there's a cardboard box.
I open it
and see
it's filled with books.
They're like little birds.
I take them out
and make an accordion
with them.
I remember
San Jacinto Market
and my friends.
I like seeing the colors
and pictures in the books.
I take one into a corner
and when I open it,
the letters kiss me
like my mamá's words,
like my papá's words.
I am a little bird.
No one can stop me.
I am Jimena Pérez.
I can fly.

ALSO BY JORGE ARGUETA

Agua, Agüita / Water, Little Water

Fuego, Fuegito / Fire, Little Fire

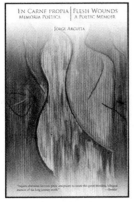

En carne propia: Memoria poética / Flesh Wounds: A Poetic Memoir

Agua, Agüita / Water, Little Water

Fuego, Fuegito / Fire, Little Fire

En carne propia: Memoria poética /
Flesh Wounds: A Poetic Memoir

Jimena Pérez puede volar

Jimena Pérez puede volar

JORGE ARGUETA

Ilustraciones de Fabricio Vanden Broeck

PIÑATA BOOKS
ARTE PÚBLICO PRESS
HOUSTON, TEXAS

¡Piñata Books están llenos de sorpresas!

Piñata Books
An imprint of
Arte Público Press
University of Houston
4902 Gulf Fwy, Bldg 19, Rm 100
Houston, Texas 77204-2004

Ilustraciones por Fabricio Vanden Broeck
Diseño de la portada de Mora Des!gn

Names: Argueta, Jorge, author. | Vanden Broeck, Fabricio, 1954-illustrator. | Bell, Elizabeth, translator.
Title: Jimena Pérez puede volar / por Jorge Argueta ; Ilustraciones de Fabricio Vanden Broeck ; traducción al inglés de Elizabeth Bell = Jimena Pérez Can Fly / by Jorge Argueta ; illustrations by Fabricio Vanden Broeck ; English translation by Elizabeth Bell. Other titles: Jimena Pérez Can Fly
Description: Houston, Texas : Piñata Books, an imprint of Arte Público Press, [2019] | Audience: Ages 10-15. | Audience: Grades 7-9. | Summary: Ten-year-old Jimena loves El Salvador but when gangs threaten to force her to join, she and her mother immigrate to the United States, but are separated at the border.
Identifiers: LCCN 2019028875 (print) | LCCN 2019028876 (ebook) | ISBN 9781558858893 (paperback) | ISBN 9781518505904 (epub) | ISBN 9781518505911 (kindle edition) | ISBN 9781518505928 (adobe pdf)
Subjects: CYAC: Emigration and immigration—Fiction. | Immigrants—Fiction. | El Salvador—Fiction. | Spanish language materials—Bilingual.
Classification: LCC PZ73 .A655 2019 (print) | LCC PZ73 (ebook) | DDC [Fic]—dc23
LC record available at https://lccn.loc.gov/2019028875
LC ebook record available at https://lccn.loc.gov/2019028876

∞ El papel utilizado en esta publicación cumple con los requisitos del American National Standard for Information Sciences—Permanence of Paper for Printed Library Materials, ANSI Z39.48-1984.

Impreso en los Estados Unidos de América
noviembre 2019–diciembre 2019
Versa Press, Inc., East Peoria, IL
5 4 3 2 1

A todas las niñas y todos los niños
emigrantes que como Jimena Pérez
pueden volar.

Mi nombre es Jimena Pérez.
Vivo en el barrio de San Jacinto.
Mi mami tiene un puesto
en el mercado.
Vendemos frutas . . .
¡Ummmm!
A mí me gustan todas,
aunque mi favorita
es el mango.
Me gusta verde
con sal y limón.
Me gusta sazón.
Me gusta maduro
y sentir la miel . . .
ummmm, ¡qué rico!

"El Mercado de San Jacinto
es nuestra casa", me dice Mami
mientras me toca la cabeza.
"El mercado
nos ha dado de comer
toda la vida.
Tu abuela y tu bisabuela
también trabajaron aquí.
Las frutas son benditas
como tú, Jimena".

A mí me encanta
venir al mercado.
Cuando camino
por los pasillos
puedo oler las frutas
y las verduras.
Me gusta el olor
de las cebollas
que vende doña Paz.
Me gusta
el color de las zanahorias
que vende don Patricio.
Pero más me gusta
el olor de los marañones
que vende mi mami.
Ummmm, ¡qué olorazo!
Me hace suspirar.
Además los marañones
parecen periquitos de colores.

Todos los sábados
vienen al embarcadero
del mercado
unos señores y señoras
que nos traen libros
y nos leen
y nos dejan jugar con los libros.
Yo nunca había visto tantos libros.
Me encantan los libros.
Uno de mis favoritos
es el de trabalenguas.
Me hace reír.
Se me traba la lengua
como cuando como jícama.
Y el de un niño
que tiene dos apellidos, se llama René.
Ahhhh, y también
el de una elefantita
que se llama Manyula.
Ella también vivió en El Salvador.

Por las mañanas el mercado
está callado.
Pero después de las diez de la mañana,
empieza a llegar gente,
y parece que el mercado es una fiesta.
El señor don Simón
parece que se ha tragado un megáfono.
En voz bien fuerte dice:
"Vaya los tomates, lleve sus tomates,
chapuditos, vaya los chiles verdes.
Lleve los rábanos, las remolachas".
A mis amigos y a mí
nos encanta oír a don Simón.
A veces dice nuestros nombres
por su megáfono.

El otro día
llegaron unos bichos[1]
a mi escuela
y a mi amiga,
Rosenda, le dijeron:
"Rosenda, ya sabes
lo que le va a pasar
a tu familia
si no te unes a nosotros".
Rosenda tiene diez años,
como yo.
Nos asustamos.

---

[1]niños, jóvenes

Le conté a Mami
lo que le pasó a Rosenda.
Mi mami se puso roja
como los mangos maduros
de su canasta.
Se asustó y lloró.
Mi papi también lloró.
"Mejor es que te lleves
a Jimena a los Estados Unidos.
Allá van a estar bien".
Los dos siguieron hablando y planeando
por varias horas esa noche.

Yo no entendí mucho
pero sabía que nos íbamos
muy lejos.
Me sentí triste
como se ven las frutas
cuando se pasan de maduras.

Me voy
al norte
con Mami.
¡Qué felicidad!
Ahhhh, pero también
me da tristeza.
Mi mami suspira
y me dice:
"Vamos a vivir
en Tejas
con tus tíos
y primos.
Un día
vamos a volver a El Salvador".

---

[2]Planes de Renderos es un lugar a seis millas de la capital adonde
van los turistas salvadoreños para disfrutar de la vista panorámica
hacia San Salvador y sus alrededores. La vista es espectacular.

Mañana me voy
para los Estados Unidos
con mi mami.
Pero antes,
vamos a ir a los Planes de Renderos.[2]
Nos vamos a comer
unas pupusas.
Vamos a ir al mirador
y desde ahí
vamos a ver todas las estrellas
en el suelo de San Salvador.

No puedo dormir pensando
en el viaje.
Dicen que es bien lejos
los Estados Unidos.
A mí no me da miedo la distancia.
Me da miedo quedarme
y que me busquen
en el mercado
o en la escuela
y que me recluten las pandillas.

Pienso
en mi amigo David.
Ayer lo expulsaron
de la escuela.
Dicen los maestros
que es un vago.
Apenas sabe leer y escribir.
David sabe subirse
a los árboles, y es mi amigo.
Y es amigo de los mangos.
Los corta, los vende por una cora.
Lleva las coras al mercado.
La semana pasada
me invitó a un refresco de horchata.

El autobús
es de colores
como las mañanas.
Mi mami
tiene los ojos llorosos
pero canta conmigo
y juntas

nos llenamos
de canciones.
Somos alegres
como la mañana.
Mi mami es un amanecer.
Yo voy brillando
y cantando con ella.

En nuestro
barrio nos sentencian
las pandillas.
En las escuelas
y en el mercado
nos quieren reclutar.
Tenemos miedo.

El miedo
es como un grito
con espinas.
Es como cuando
no están tu papi ni tu mami.

Le doy
abrazos
de colibrí
a mi papi,
y lloramos
un ratito
como si fuéramos
inviernos.
Y nos vamos con mi mami
suspirando estrellas.
Nos vamos
soñando
por un camino
largo y enredado.
Nada nos detiene.

Nos vamos calladas.
Nos vamos tristes.
A veces vamos alegres.
Mi mami dice
que somos
flores y pajaritas
como nos llama mi papi.

Mi mami se llama Inés
y a su lado no tengo miedo de nada.
Mi mami suspira y mira por la ventana.
Atrás se quedan el volcán,
mi casa, mi ciudad,
mis amigos
y mi abuela,
que como yo, se llama Jimena.

Papi, me voy cantando.
Papi, me voy soñando.
Mi abuelita Jimena
y mi papi se han convertido
en mi corazón.

Mi papi me dice: "Hija mía,
Pajarita,
Gotita de rocío.
Jimena, lo más bello
de la vida, mi amor,
te vas, pero te quedas.
Eres la más bonita . . . "
Mi papi se queda llorando
pero al abrazarme
me da la valentía
y el sol de su corazón.

Soy Jimena Pérez
y hoy me voy de mi país.
Quiero quedarme
pero mejor me voy.
Quiero bailar
y jugar con mi amigo David.
Quiero encender mi computadora
y darle de comer a mi perro Sultán.
Ahhhh, y a mi perico . . .
Se llama Canción.

Guatemala
es verde.
Se parece mucho
a El Salvador.
Yo sé que no es El Salvador.
Aquí se habla de otro modo.
En una parada
que hizo el autobús
hemos comprado tamales.
Les llaman *chuchitos*.
En El Salvador así les llamamos
a los perros.
Pienso en Sultán.
De repente me dan ganas de llorar.

"Jimena, ya vamos rumbo a México",
me dice mi mami.
"De aquí para allá
no vamos a hablar mucho
porque dice el señor Coyote
que si nos escuchan hablar,
van a saber
que no somos mexicanos
y nos pueden regresar
a El Salvador".
Yo me río
y le digo en el oído:
"Te quiero mucho, Mami".

Está amaneciendo
y la mañana
me recuerda
a las mañanas
de El Salvador.
"Vamos rumbo
a un pueblo
donde nos espera
un tren",
dice mi mami.
Qué galán pienso.
Pero me da un poco
de miedo.
Ya he oído de ese tren.
Es un tren bien largo
helado y oscuro
que llaman "La Bestia".
Uno viaja en su lomo.
En mi país muchos lo conocen
y se han montado en el
para acercarse a los Estados Unidos.

Hemos caminado
varias horas
hacia las afueras del pueblo,
por aquí pasa La Bestia.
¿Donde estará La Bestia?
¿De qué color será La Bestia?
Yo sólo sé que aquí
hay mucha gente.
Todos van a los Estados Unidos.
Vienen como nosotros.
Traen mochilas.
Son de El Salvador,
de Guatemala,
de Honduras,
y del mismo México también.
"¿Y ahora ya podemos hablar?"
le pregunto a mi mami.

Estamos esperando
a La Bestia.
Llueve y esperamos
y esperamos
y esperamos.
Nos da frío.
Seguimos esperando.
De pronto
silba La Bestia.
Se mueve despacito,
echa humo y vuelve a silbar
su silbido de bestia.

La gente se sube a la carrera.
Mi mami y yo subimos volando.
En el lomo de La Bestia
canta el viento.
Su canción helada
a mí no me da frío.
Me envuelvo
en los brazos de mi mami
y voy soñando y tocando las estrellas.

"Jimena", me dice mi mami,
"Quiero que escuches
con mucha atención".
Siento sus manos
en mis hombros.
Sus palabras
bañan mi cara
como gotitas de lluvia.
"No olvides este número:
956-XXX-XXXX".
Repito el número.
Hago música
cantándolo hasta
que los números se vuelven luz.

"Es un número de teléfono.
Ya sabes adónde llamar.
Son tus tíos y primos.
No se lo des a nadie.
También lo llevas escondido
en el ruedo de tu suéter.
No te olvides".
Mi mami no sabe
que ya me aprendí
el número.
Lo hice canción.

Han pasado varios días.
Hemos estado en pueblos
con nombres extraños.
Estamos un poco cansadas.
Quiero llegar a Tejas.
Tengo frío, mi mami también.
Al bajarnos de La Bestia
mi mami dice,
"Ya casi llegamos,
mi'jita linda. Ahora sólo
vamos a caminar
por un ratito . . . ."
La palabras de mi mami
salen como tamborcitos
tum tum tum tum.
¿Tendrá frío, miedo?
¿O los dos?

Vamos caminando en silencio.
Qué silencio tan silencio
y qué noche tan oscura.

Escucho mi corazón.
Es también un tamborcito:
Tum tum tum tum.

Siento la mano
de mi mami
que me aprieta
con ternura.
Mi mami me da valor.

De pronto
la oscuridad
se llena de luces,
luces brillosas.

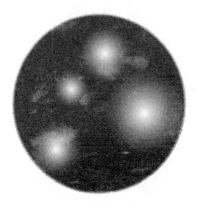

Qué cosa más extraña.
Es como si
estuviera amaneciendo
en medio de la noche.
Luces amarillas, rosadas
rojas, azules.
Unos hombres
vestidos de verde
de voces roncas
me jalan
y me arrancan
de mi mami.

¡Mamiiiiiiii!
¡Jimenaaaaaaaa!
Escucho a lo lejos
la voz de mi mami.
Me siento sola.
Otros niños lloran.
Somos pajaritos
solos y tristes
en una jaula de metal.

¿Dónde estoy?
¿Con quién estoy?
¿Dónde estará?
¿Adónde se habrán llevado a mi mami?

Estoy sola
pero no estoy sola.
Estoy rodeada de niños.
Algunos lloran,
piden a su mami,
a su papi.
¿Estamos presos? me pregunto.
Escucho voces
que hablan inglés.
Preguntan y preguntan.
No entiendo nada.

No sé cuánto
tiempo ha pasado.
Pienso en mi mami,
en mi papi,
en mi abuela Jimena,
en las frutas olorosas
y de colores
que vendía
mi mami
en Mercado de San Jacinto
allá en El Salvador.

¿Cuántos niños, niñas
son de El Salvador,
de Honduras,
de Guatemala
y de México?
Marcos repite
el nombre de su papi:
"Mi papi se llama Marcos" dice.
"Está en Los Ángeles.
Me van a llevar con él, ¿verdad?"
Yo también quiero
a mi mami,
a mi papi.
Como Marcos, me pongo
a llorar.

Un señor policía
de los que llaman "Migras"
me trae una sábana extraña.
Es brillosa como un espejo.
Tengo frío, me cubro
la espalda.

En una mesa
hay una caja de cartón.
La abro
y veo que está
llena de libros.
Son como pajaritos.
Los saco
y hago con ellos
un acordeón.
Me recuerdo
del Mercado de San Jacinto
y de mis amigos.
Me gusta ver los colores
y los dibujos de los libros.
Me llevo uno a una esquina
y al abrirlo
me abrazan las letras
como las palabras de mi mami,
como las palabras de mi papi.
Soy una pajarita.
Nadie puede detenerme.
Soy Jimena Pérez.
Puedo volar.